關於我們

文房文化事業有限公司自 2000 年成立以來，以「關懷孩子，引領孩子進入閱讀的世界，培養孩子良好的品格」為宗旨，持續出版各種好書，希望藉由生動的故事培養孩子的閱讀興趣。同時，我們也積極鼓勵本土創作，培養本土作家，推動全民寫作的風潮。

多年來，文房文化事業有限公司的各種勵志小說系列，在校園裏廣受學生喜愛，也深獲老師與家長的認同，並多次榮獲新聞局中小學生優良讀物的推薦。

「小文房繪本」以幼稚園大班跟小一、小二的小讀者為主，以活潑的故事及童趣畫風帶入品格教育及社會關懷的觀念，讓孩子在潛移默化中得到養分，非常適合學校師生共讀，也是父母陪伴親子時光閱讀的優良讀物。

海馬小花逛超市

作者／古文　繪者／張筱琦

「小花快起床，今天超市大特價，我們要出門咯！」
Xiǎo huā kuài qǐ chuáng jīn tiān chāo shì dà tè jià wǒ mén yào chū mén lo

一早，海馬小花就聽到媽媽的呼喚。
Yì zǎo hǎi mǎ xiǎo huā jiù tīng dào mā ma de hū huàn

她興奮的從床上跳起來：「我最喜歡逛超市了。」
Tā xìng fèn de cóng chuáng shàng tiào qǐ lái wǒ zuì xǐ huān guàng chāo shì le

小花和爸媽搭乘魟魚巴士來到超市門口，
Xiǎo huā hàn bà mā dā chéng hōng yú bā shì lái dào chāo shì mén kǒu

看到好多動物鄰居都來了呢！
kàn dào hǎo duō dòng wù lín jū dōu lái le ne

「早起才可以買到最新鮮的東西。」
Zǎo qǐ cái kě yǐ mǎi dào zuì xīn xiān de dōng xi

媽媽告訴小花。
Mā ma gào sù xiǎo huā

鮭魚老闆在超市門口招呼大家：
Guī yú lǎo bǎn zài chāo shì mén kǒu zhāo hū dà jiā

「只要消費滿一百個貝殼，
Zhǐ yào xiāo fèi mǎn yì bǎi ge bèi ké

章魚送貨員就會免費幫您送貨到家。」
zhāng yú sòng huò yuán jiù huì miǎn fèi bāng nín sòng huò dào jiā

小花覺得章魚雖然有八隻腳，
Xiǎo huā jué de zhāng yú suī rán yǒu bā zhī jiǎo

還是好忙碌喔！
hái shì hǎo máng lù ō

超市裏，有各式各樣的商品，
Chāo shì lǐ　yǒu gè shì gè yàng de shāng pǐn

光是蔬菜區，就陳列着好多種水草和海帶。
guāng shì shū cài qū　jiù chén liè zhe hǎo duō zhǒng shuǐ cǎo hàn hǎi dài

小花的媽媽決定買
Xiǎo huā de mā ma jué dìng mǎi
一袋海藻回家煮湯。
yí dài hǎi zǎo huí jiā zhǔ tāng

「我來幫忙抽水母塑膠袋。」
Wǒ lái bāng máng chōu shuǐ mǔ sù jiāo dài

小花一口氣抓了好多隻水母，
Xiǎo huā yì kǒu qì zhuā le hǎo duō zhī shuǐ mǔ

被媽媽念了一頓：
bèi mā ma niàn le yí dùn

「不可以浪費喔！」
Bù kě yǐ làng fèi ō

小花和爸媽來到水果區，
Xiǎo huā hàn bà mā lái dào shuǐ guǒ qū

這裏有來自陸地的新鮮水果，
zhè lǐ yǒu lái zì lù dì de xīn xiān shuǐ guǒ

也很受歡迎。
yě hěn shòu huān yíng

小花偷偷用尾巴戳戳橘子和香蕉，
Xiǎo huā tōu tōu yòng wěi ba chuō chuō jú zi hàn xiāng jiāo

爸爸立刻阻止她：
bà ba lì kè zǔ zhǐ tā

「這些是大家要吃的食物，
Zhè xiē shì dà jiā yào chī de shí wù

就算不買，也要愛惜。」
jiù suàn bù mǎi yě yào ài xí

「好吃的蘋果大特價，
　Hǎo chī de píng guǒ dà tè jià
　　　　數量有限喔！」
　　　　shù liàng yǒu xiàn ō

聽到廣播，大家趕緊搶購，
Tīng dào guǎng bò dà jiā gǎn jǐn qiǎng gòu

小花的媽媽搶到最後三個，
xiǎo huā de mā ma qiǎng dào zuì hòu sān ge

小花開心極了。
xiǎo huā kāi xīn jí le

很快的，他們逛到零食區。
Hěn kuài de　　tā mén guàng dào líng shí qū

小花看到她喜愛的蝦皮餅乾和蝦米洋芋片，吵着爸媽買。
Xiǎo huā kàn dào tā xǐ ài de xiā pí bǐng gān hàn xiā mǐ yáng yù piàn　chǎo zhe bà mā mǎi

「爸媽賺錢很辛苦，只能選一樣。」
Bà mā zhuàn qián hěn xīn kǔ　　zhǐ néng xuǎn yí yàng

媽媽說。
Mā ma shuō

小花一臉失望，
Xiǎo huā yì liǎn shī wàng

不知該挑哪一種。
bù zhī gāi tiāo nǎ yì zhǒng

「唉？有試吃活動耶。」趁着爸媽不注意，
Yí　　yǒu shì chī huó dòng yé　　　　　　chèn zhe bà mā bú zhù yì

小花吃了好幾塊海藻麵包，
xiǎo huā chī le hǎo jǐ kuài hǎi zǎo miàn bāo

結果肚子怪怪的。
jié guǒ dù zi guài guài de

爸爸發現小花亂吃東西，趕快把她抓回來。
Bà ba fā xiàn xiǎo huā luàn chī dōng xi　 gǎn kuài bǎ tā zhuā huí lái

「吃東西前，應該先問大人。」
Chī dōng xi qián　　yīng gāi xiān wèn dà rén

休息了一會兒，小花又開始東張西望，發現海龜同學一家也來了。
Xiū xí le yì huǐ ēr　xiǎo huā yòu kāi shǐ dōng zhāng xī wàng　fā xiàn hǎi guī tóng xué yí jiā yě lái le

「阿龜，看到你真是太好了。你要不要和我一起體驗飆速的快感？」
Ā guī　kàn dào nǐ zhēn shì tài hǎo le　nǐ yào bú yào hàn wǒ yì qǐ tǐ yàn biāo sù de kuài gǎn

小花指了指身邊的購物車。
Xiǎo huā zhǐ le zhǐ shēn biān de gòu wù chē

小花和阿龜推着購物車，開心的在超市裡狂飆。
Xiǎo huā hàn ǎ guī tuī zhe gòu wù chē　kāi xīn de zài chāo shì lǐ kuáng biāo

忽然，身邊出現一個巨大又熟悉的身影……
Hū rán　shēn biān chū xiàn yí ge jù dà yòu shóu xī de shēn yǐng

竟然是鯊魚老師！
Jìng rán shì shā yú lǎo shī

小花嚇得立刻轉彎，
Xiǎo huā xià de lì kè zhuǎn wān

結果撞翻了高高的蛤蜊濃湯罐頭塔，
jié guǒ zhuàng fān le gāo gāo de gé lí nóng tāng guàn tóu tǎ

她和阿龜也都摔倒了。
tā hàn ā guī yě dōu shuāi dǎo le

鯊魚老師把小花和阿龜從地上拉起來，
Shā yú lǎo shī bǎ xiǎo huā hàn ā guī cóng dì shàng lā qǐ lái

對他們說：「這樣的行為太危險了。」
duì tā men shuō   zhè yàng de xíng wéi tài wéi xiǎn le

小花和阿龜
Xiǎo huā hàn ā guī

慚愧的低下頭。
cán kuì de dī xià tóu

鯊魚老師帶他們去找鮭魚老闆道歉，
Shā yú lǎo shī dài tā men qù zhǎo guī yú lǎo bǎn dào qiàn

這時，小花和阿龜的爸媽都趕來了。
zhè shí xiǎo huā hàn ā guī de bà mā dōu gǎn lái le

「老闆，對不起，我會把罐頭排好。」
Lǎo bǎn duì bú qǐ wǒ huì bǎ guàn tóu pái hǎo

小花誠懇的說。
Xiǎo huā chéng kěn de shuō

「下次不會
Xià cì bú huì

再搗蛋了。」
zài dǎo dàn le

阿龜也承諾。
Ā guī yě chéng nuò

還好鮭魚老闆肚量大，
Hái hǎo guī yú lǎo bǎn dù liàng dà

原諒了他們。
yuán liàng le tā mén

小花和阿龜花了好長的時間才整理完畢，
Xiǎo huā hàn ā guī huā le hǎo cháng de shí jiān cái zhěng lǐ wán bì

覺得好累喔！
jué de hǎo lèi ō

「下次逛超市，還是乖乖的好了。」
Xià cì guàng chāo shì hái shì guāi guāi de hǎo le

阿龜對小花說。
Ā guī duì xiǎo huā shuō

「遵命。」小花舉起尾巴，
Zūn mìng xiǎo huā jǔ qǐ wěi ba

向阿龜行了一個禮。
xiàng ā guī xíng le yí ge lǐ

作者介紹

古文

大學讀新聞，研究所讀藝術史，教導兒童寫作多年，現為兒童刊物編輯。

寫故事，寫報導，也寫藝評，曾出版繪本《海馬小花上學去》、《慌慌張張的耶誕老人》。

聯絡信箱：

twix0623@yahoo.com.tw

作者的話

海底超市裏有忙碌的章魚送貨員，有可以重複使用的水母塑膠袋，還有來自陸地和海底的各式特產，海馬小花最喜歡和媽媽一起逛超市了。

但是，小花是個搗蛋鬼，她不僅用尾巴戳新鮮的蔬果，還和阿龜同學在超市裏「飆車」，最後果然闖大禍了。

你逛超市時，有沒有發揮「公德心」呢？在公共場合不搗蛋，不吵鬧，才是小公民應有的態度喲！

願將此書獻給我的母親，兒時一起逛超市的温馨時光，還清晰的停留在我的記憶裏。謝謝您長久以來的付出，我會承接您的愛，再傳遞給我的孩子，這便是我榮耀您的方式。

繪者介紹

張筱琦

畢業於高雄師範大學美術系，美國 Academy of Art University 插畫研究所，主修兒童繪本插畫。

喜歡星星，喜歡魚，也喜歡喝奶茶。

花很多時間看人，看東西，看事情，看故事，看天空。

想要自己跟自己玩的時候，就會跑去一個陌生的地方躲在角落畫畫。常常自己跟自己說話說得很高興。目前是個愈來愈自由的畫插畫的人。

3x3 國際插畫獎 圖畫書組 入圍

CQ 插畫雜誌 插畫組 入圍

繪者的話

小時候，我很喜歡逛超市！不管大人帶我去多大或多小的超市，我都可以逛得很高興。每一排架子上的商品，都想看個仔細。總會吵着要買至少一樣東西，才能心滿意足的走出那間超市。

拿到小花逛超市的故事時，想着海底超市的樣子，超市裏試吃的攤子是海龜的肚子，會互相打招呼的蝦子零食，喜歡睡覺的蚌殼推車，覺得好好笑！這次的故事裏，有好多可以加入自己想像的地方，畫圖的時候，總想着再怎麼奇怪都沒關係，因為是海底超市啊！

海馬小花逛超市　　文／古文　圖／張筱琦

ISBN：978-988-8483-47-1（平裝）
出版日期：2018 年 12 月初版一刷
定　　價：HK$48

文房香港

發 行 人：楊玉清
副總編輯：黃正勇
執行編輯：許文芊
美術編輯：陳聖真
企畫製作：小文房編輯室
出 版 者：文房（香港）出版公司

總代理：蘋果樹圖書公司
地　　址：香港九龍油塘草園街 4 號
　　　　　華順工業大廈 5 樓 D 室
電　　話：(852) 3105250
傳　　真：(852) 3105253
電　　郵：applertree@wtt-mail.com

發　　行：香港聯合書刊物流有限公司
地　　址：香港新界大埔汀麗路 36 號
　　　　　中華商務印刷大廈 3 樓
電　　話：(852) 21502100
傳　　真：(852) 24073062
電　　郵：info@suplogistics.com.hk